KB245272

나를 닮은 당신이 좋아요
미야니시 타츠야 글·그림 | 김지현 옮김
옛날 옛날 아주 먼 옛날,
자신의 큰 덩치와 힘을 으스대며
제멋대로 구는 독불장군 공룡이 살았어요.
달리

"거참, 왜 나만 보면 도망가는 거야."
"티라노님, 살려 주세요!"
"제발 제 친구를 놓아주세요."
테스켈로사우루스들이 발을
동동거리며 애원했습니다.

"하하하. 친구라고?
친구 걱정할 시간에 네 걱정이나 하시지.
당장 너도 내 발에 콱 밟히고 싶지 않으면 말이야."
친구도 없이 외롭게 지내는 티라노사우루스는
더욱 심통이 나서 공룡들을 마구 괴롭혔습니다.
그러는 동안 티라노사우루스는 점점 더 혼자가 되어 갔지요.

고요한 밤.
티라노사우루스가 잠을 청하려고
커다란 바위에 몸을 기댔습니다.
바위의 서늘한 기운에 온몸이 덜덜 떨렸지요.
하늘의 별들도 추운지 오늘따라
더욱 빛을 내며 반짝였어요.
"오늘은 혼자라는 게 조금 외롭구나."
티라노사우루스는 어둠 속에 덩그러니
남은 자신을 향해 무심코 중얼거렸어요.
바로 그때였습니다.

"나도 외로워요."
어디선가 슬픔에 찬
목소리가 들려왔습니다.

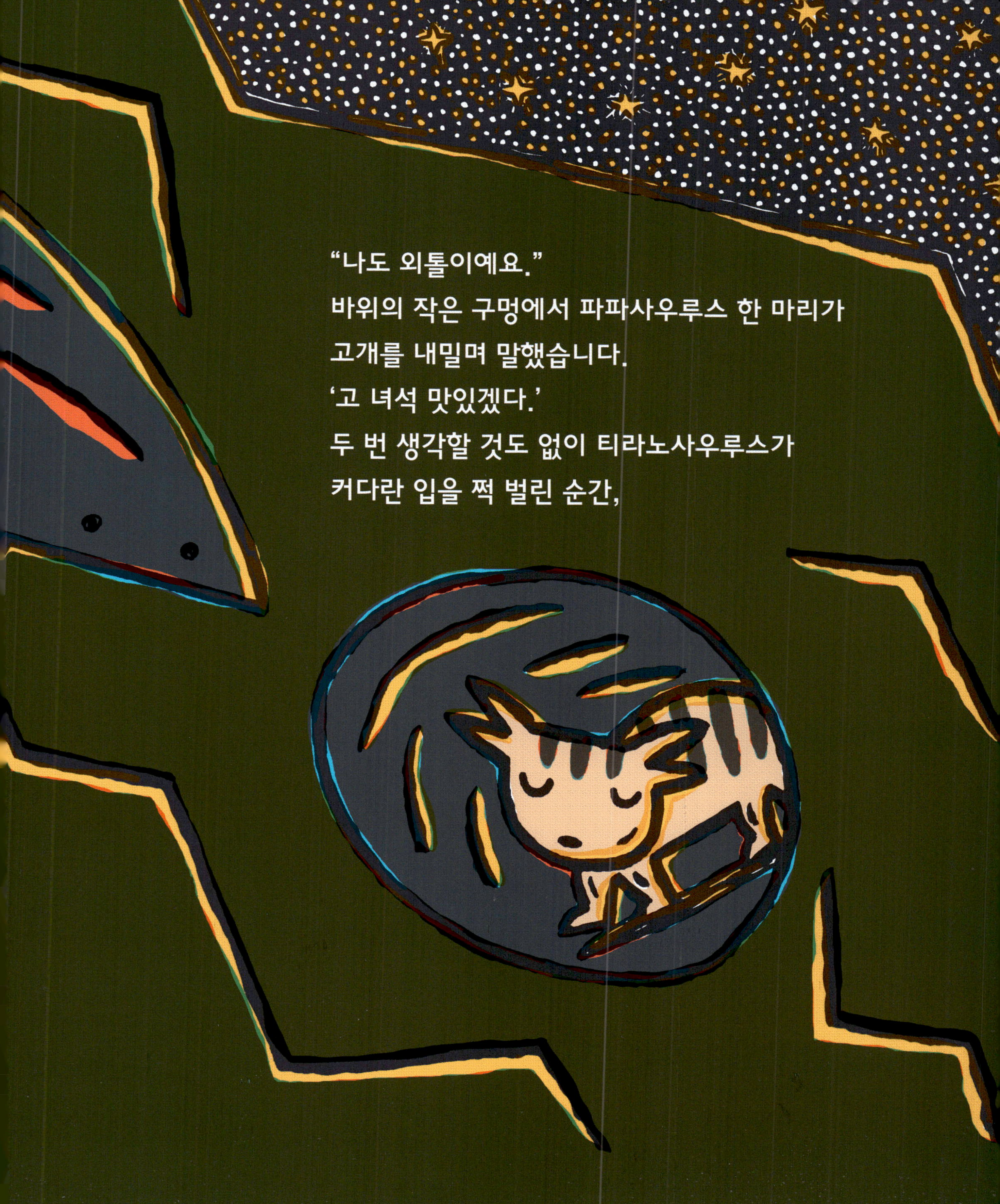

"나도 외톨이예요."
바위의 작은 구멍에서 파파사우루스 한 마리가
고개를 내밀며 말했습니다.
'고 녀석 맛있겠다.'
두 번 생각할 것도 없이 티라노사우루스가
커다란 입을 쩍 벌린 순간,

"아저씨와 난 참 많이 닮았어요.
아니, 똑같아요."
파파사우루스가 말했습니다.
"우리가 닮았다고? 똑같다고?"
티라노사우루스는 파파사우루스를
머리에서 발끝까지 쭉 한번
훑어보고는 어이없다는 듯
물었습니다.

"어디가 닮았는데?
눈? 발? 꼬리? 아니면 입?"
"헤헤, 아니요. 나는 겁쟁이 울보예요.
그런데 아저씨도 겁쟁이 울보잖아요."
"내가? 너 내가 누군지 모르냐?"

"트리케라톱스 아니에요? 마이아사우라인가? 아, 알았다.
코리토사우루스죠? 실은 제가 눈이 안 보여요. 아저씨가
뻔뻔하고, 못되고, 무서운 티라노사우루스라면 좋을 텐데."
"그게 무슨 말이냐? 왜 내가 티라노사우루스라면 좋겠어?"
"나를…… 잡아먹어 줄 테니까요."

'참 이상한 녀석이네. 나를 보면 다들 도망가기 바쁜데.'
티라노사우루스는 의아한 표정으로 다시 물었습니다.
"흠. 왜 뻔뻔하고, 못되고, 무섭기까지 한
티라노사우루스에게 잡아먹히고 싶은 거야?"
"나 같은 건 세상에 없는 편이 나아요.
눈도 안 보이고, 겁쟁이 울보에 친구도 없어요."
파파사우루스는 끝내 울음을 터뜨렸습니다.

“이런 바보! 네가 이 세상에 태어난 것은
다 이유가 있기 때문이야. ”
티라노사우루스가 무서운 얼굴로
파파사우루스를 번쩍 들어올리며 말했습니다.
“잘 들어라! 네가 말한 그 뻔뻔하고, 못되고, 무서운
티라노사우루스도 때론 슬프고, 괴롭고, 외롭지만
언젠가 좋은 일, 즐거운 일, 기쁜 일이
생길 거라 믿고 아주 씩씩하게 살고 있단다.”

티라노사우루스의 눈가에 어느새
눈물이 살짝 맺혔습니다.
"코리토사우루스 아저씨,
이제 저 좀 내려 주세요.
그렇게 꽉 잡으면 아파요."
"아, 미안."
티라노사우루스는 쓰윽 한 번 눈물을
훔치고는 다시 밝은 목소리로 말했습니다.
"내일은 너와 친구가 될 만한 녀석들을
함께 찾아보자."

그날 밤.
티라노사우루스는 파파사우루스를 꼭 끌어안고 잠들었습니다.
내일이 이렇게 기다려지기는 처음이었지요.
별이 반짝반짝 빛나는 참 아름다운 밤이었습니다.

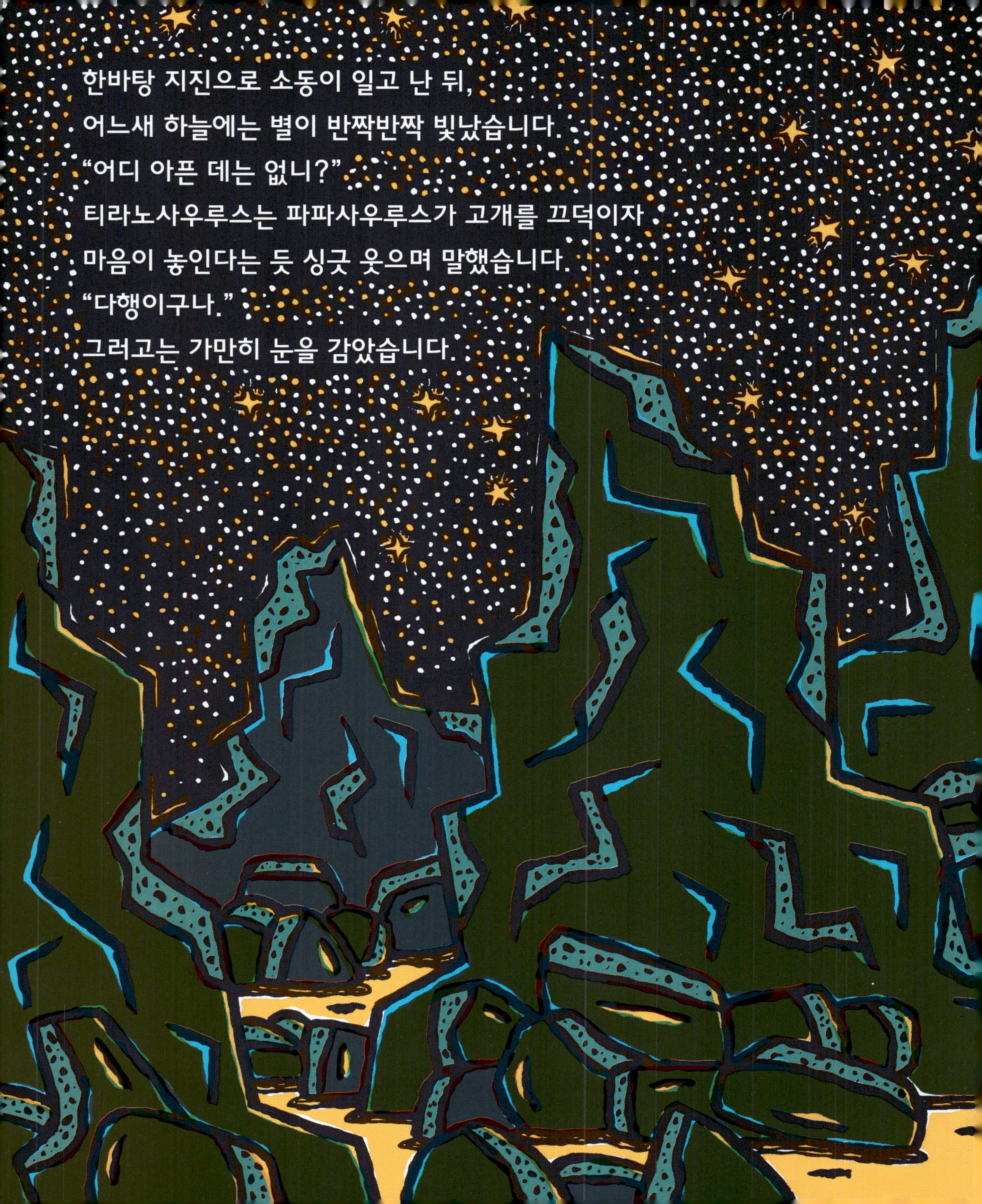

한바탕 지진으로 소동이 일고 난 뒤,
어느새 하늘에는 별이 반짝반짝 빛났습니다.
"어디 아픈 데는 없니?"
티라노사우루스는 파파사우루스가 고개를 끄덕이자
마음이 놓인다는 듯 싱긋 웃으며 말했습니다.
"다행이구나."
그러고는 가만히 눈을 감았습니다.

쾅쾅쾅쾅쾅−.
티라노사우루스의 머리에도.
쾅쾅쾅쾅쾅−.
티라노사우루스의 등에도.

하지만, 티라노사우루스는
파파사우루스를 안고 끝까지 달렸습니다.
"아저씨, 무서워요."
울부짖는 파파사우루스에게
티라노사우루스가 말했습니다.
"걱정 마. 너를 절대 놓지 않을 테니까!"

우당탕탕탕탕-.
순식간에 바위들이 우르르 떨어졌습니다.
"어서 도망가자!"
데이노케이루스들은 죽을힘을 다해
도망쳤지만 파파사우루스는 한 발짝도
움직일 수가 없었어요.
그때, 티라노사우루스가 쏜살같이 달려와
파파사우루스를 품에 안으며 말했습니다.
"내가 지켜 줄게."

쾅쾅쾅쾅쾅-.
바윗덩어리가
티라노사우루스를
향해 계속
떨어졌습니다.

“코리토사우루스 아저씨 말하는 거야?”
“티라노사우루스라니까!”
“아니야, 아니야. 그럴 리 없어!”
“그럼 우리 지금 확인하러 갈래?”

두두두둥 쿵―.
그런데 갑자기 천둥 같은 소리와 함께
땅이 조금씩 흔들렸어요.

바위산 그늘 아래서 파파사우루스가
데이노케이루스들과 이야기를 하고 있었어요.
"정말로 눈이 보이는 거야?"
"응. 낮잠 자고 일어났더니 눈이 보이기 시작했어."
"그러면 네 옆에 붙어 다니는 공룡이
누구인지도 곧 알겠네."

“아니야. 아니라고!”
조금 떨어진 곳에서
파파사우루스의 목소리가
들려왔어요.
티라노사우루스는 소리 나는
곳으로 달려갔습니다.

그렇게 며칠이 흘렀습니다.
티라노사우루스가 빨간 열매를 가슴에 가득 안고
돌아와 보니 늘 바위 구멍에서 자신을 기다리던
파파사우루스가 보이지 않았습니다.
'이 녀석, 혼자 어디 간 거지?'
그때였습니다.

"정말? 내 얼굴이 보인다고?"
티라노사우루스는 무척 기뻤습니다.
"더 열심히 먹으렴. 내가 많이 많이 따다 주마."
하지만 한편으로는 이런 생각이 들기도 했습니다.
'파파사우루스가 눈이 보이면,
내가 티라노사우루스란 걸 알고 나를 떠나겠지.'

그날 이후로 티라노사우루스는
열심히 빨간 열매를 따러 다녔습니다.
"많이 먹어라. 부족하면 더 따올 테니."

그러던 어느 날,
파파사우루스가 기뻐하며 말했습니다.
"아저씨, 어렴풋하지만 아저씨 얼굴이
조금씩 보이는 것 같아요."

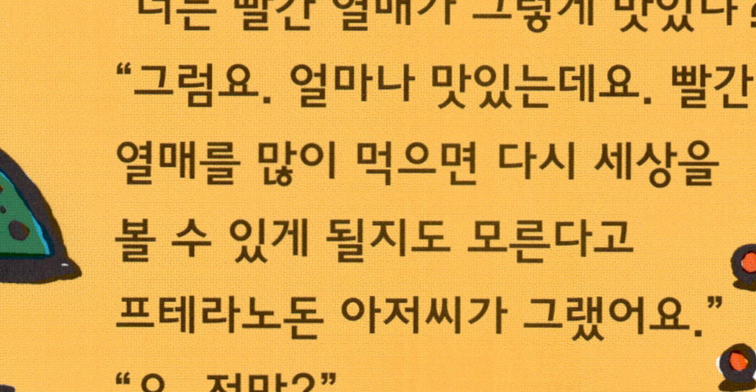

"너는 빨간 열매가 그렇게 맛있냐?"
"그럼요. 얼마나 맛있는데요. 빨간
열매를 많이 먹으면 다시 세상을
볼 수 있게 될지도 모른다고
프테라노돈 아저씨가 그랬어요."
"오, 정말?"

티라노사우루스와 파파사우루스는
무엇을 하든 늘 함께했습니다.
하지만 둘은 다른 게 딱 하나 있었어요.
티라노사우루스와 달리 파파사우루스는
빨간 열매를 무척이나 좋아했어요.

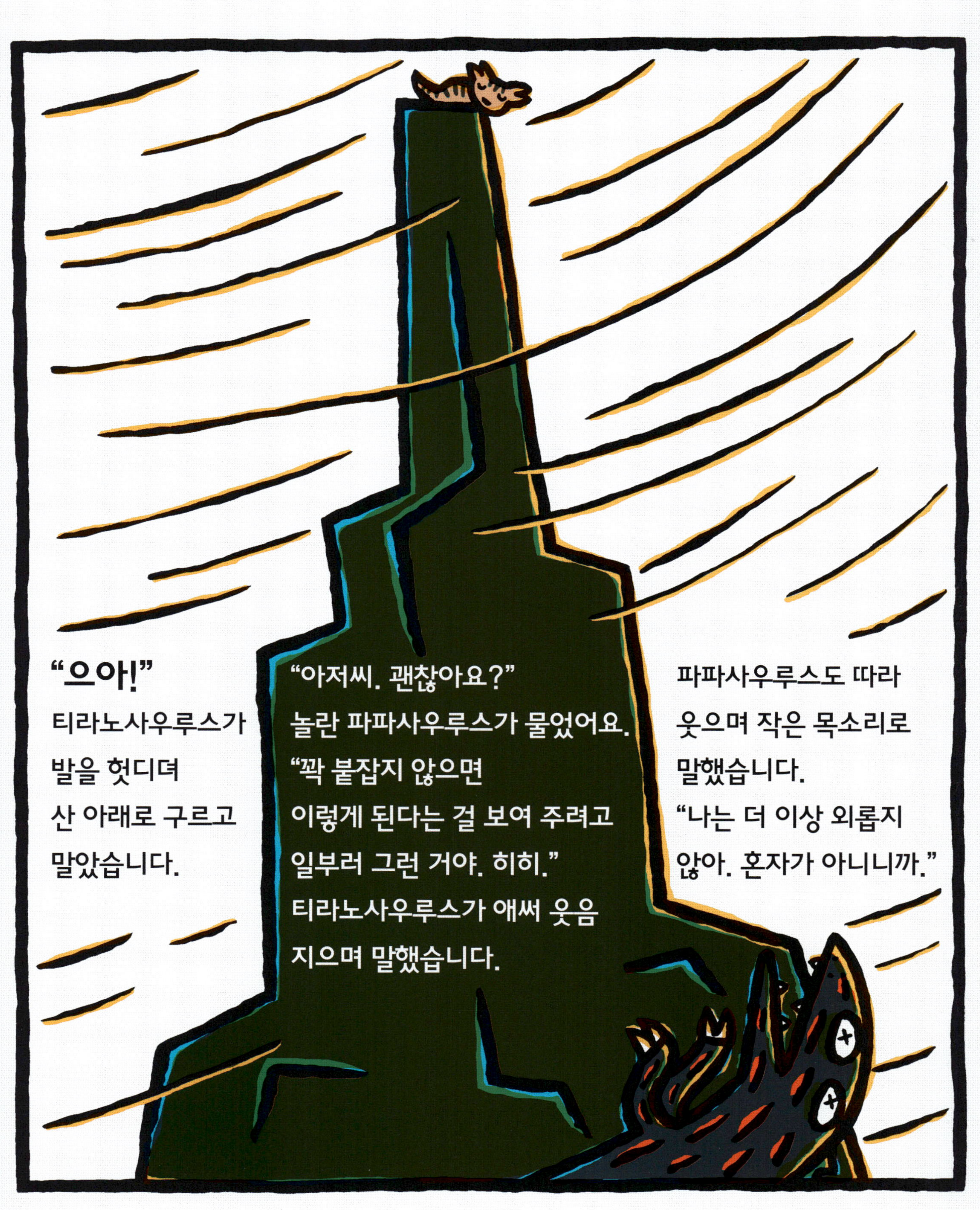
"으아!"
티라노사우루스가
발을 헛디뎌
산 아래로 구르고
말았습니다.

"아저씨. 괜찮아요?"
놀란 파파사우루스가 물었어요.
"꽉 붙잡지 않으면
이렇게 된다는 걸 보여 주려고
일부러 그런 거야. 히히."
티라노사우루스가 애써 웃음
지으며 말했습니다.

파파사우루스도 따라
웃으며 작은 목소리로
말했습니다.
"나는 더 이상 외롭지
않아. 혼자가 아니니까."

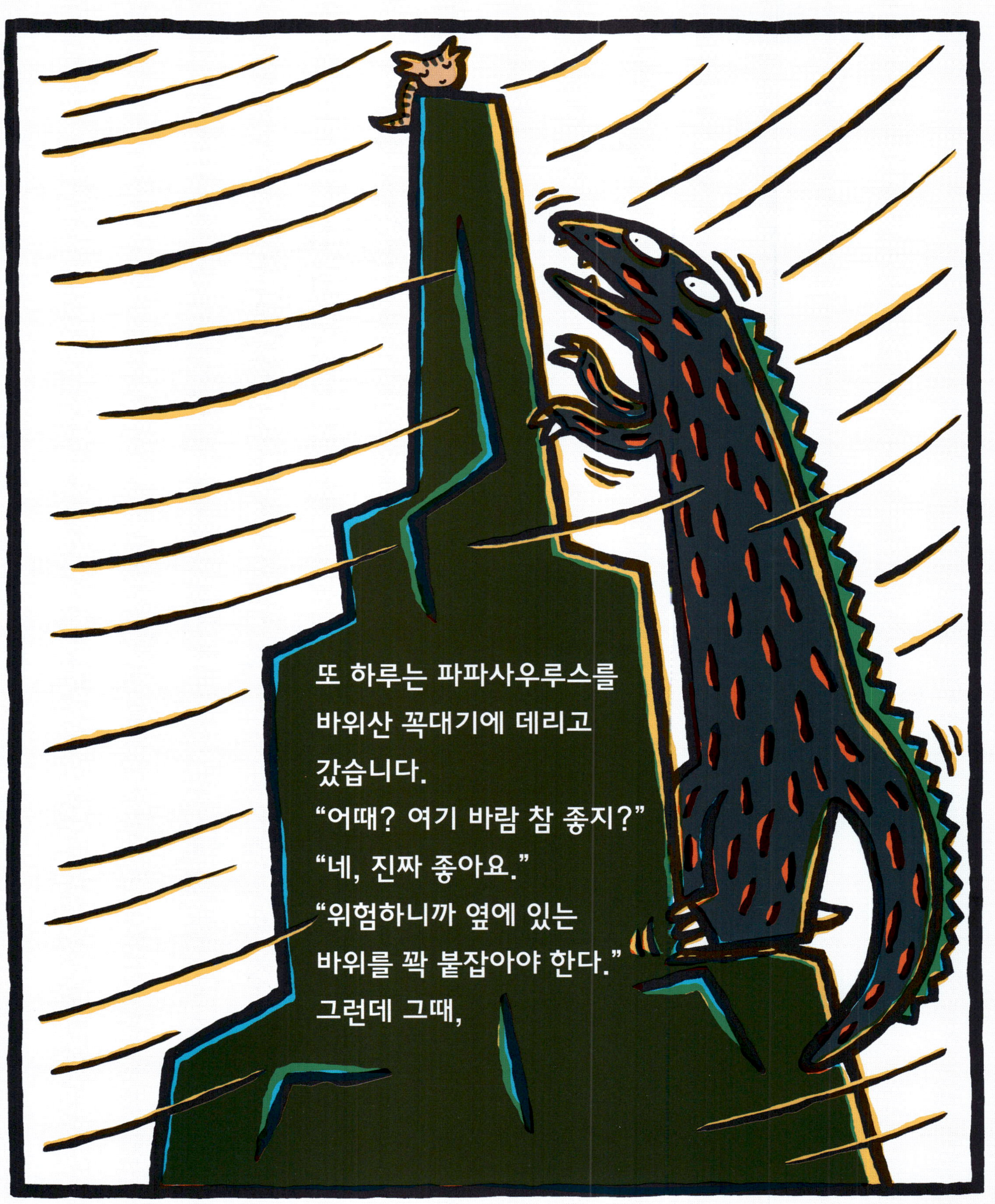

또 하루는 파파사우루스를
바위산 꼭대기에 데리고
갔습니다.
"어때? 여기 바람 참 좋지?"
"네, 진짜 좋아요."
"위험하니까 옆에 있는
바위를 꽉 붙잡아야 한다."
그런데 그때,

"잘 봐! 다리를 더 힘차게 움직이라고."
하루는 티라노사우루스가 파파사우루스에게
헤엄치는 법을 가르쳐 주었습니다.
"와! 물속에 있는 게 이런 기분이었다니,
정말 최고예요!"

그날 이후로
티라노사우루스와 파파사우루스는
꼭 붙어 다녔습니다.

'너를 위해서라면 나는 이제 뭐든지 할 수 있어!'
티라노사우루스는 파파사우루스를 꼭 끌어안았습니다.
그리고 작은 목소리로 말했어요.
"나는 더 이상 외롭지 않아. 혼자가 아니니까."

쪼옥-.
파파사우루스는 티라노사우루스의 얼굴로 다가가
조그만 입으로 뽀뽀를 해 주었습니다.
차갑던 티라노사우루스의 가슴이 순간 뜨겁게 달아올랐어요.
자신도 누군가에게 사랑받고 있다는 사실에
가슴이 뭉클하고 눈물이 날 만큼 기뻤습니다.

"아저씨, 불쌍해요."
파파사우루스가 눈물을 뚝뚝 흘렸습니다.
"지금 나 때문에 우는 거야?"
티라노사우루스는 깜짝 놀랐습니다.
자신을 위해 울어 준 공룡은
파파사우루스가 처음이었으니까요.
"나는 언제나 아저씨 편이에요.
나는 아저씨가 좋아요."

"어? 왜 아저씨를 보고 다들 도망가요?"
파파사우루스가 물었습니다.
"내가 티라노사우루스니까. 내가 늘 괴롭혔으니까."라고
차마 말할 수는 없었습니다.
티라노사우루스는 멋쩍게 웃으며 이렇게 둘러댔어요.
"그냥 내가 싫은 모양이지, 뭐."

"야, 너희! 아니, 여러분. 우리 친구 해. 아니, 친구 해요."

평소와 다른 모습의 티라노사우루스를 보고 모두 깜짝 놀랐습니다.

"갑자기 왜 저러지?"

"우리를 속여서 잡아먹으려는 속셈인가?"

"아무렴, 그렇겠지. 티라노사우루스는 뻔뻔한 녀석이니까!"

"어서 도망가자!"

테스켈로사우루스들은 겁을 먹고 허겁지겁 달아났습니다.

저쪽 바위 뒤편에 테스켈로사우루스들이 보이자
티라노사우루스는 자기가 낼 수 있는
가장 상냥하고 부드러운 목소리로 말했습니다.

아침이 밝았습니다.
평소보다 일찍 눈을 뜬 티라노사우루스는 자신의 꼬리에
파파사우루스를 태우고 들뜬 목소리로 외쳤습니다.
"자, 출발한다!"
두근대는 마음으로 티라노사우루스가
서둘러 향한 곳은 자기가 늘 괴롭히던
공룡들이 있는 곳이었습니다.

"아저씨는 정말 티라노사우루스였네요.
그래도 내 마음은 바뀌지 않아요. 아저씨를 만나고
처음으로 세상에 태어나길 잘했다는 생각이 들었어요.
더 이상 나는 외롭지 않아요. 혼자가 아니니까.
아저씨. 왜 아무 말이 없어요? 대답 좀 해 보세요!"

별이 빛나는 고요한 밤하늘에 울먹이는 파파사우루스의
목소리만이 울려 퍼졌습니다.

그리고 몇 년이 지났습니다.
파파사우루스는 여전히
바위 구멍에서 혼자 살았어요.
하지만 외롭지 않았습니다.

언제나
티라노사우루스 아저씨가
마음속에 함께 있었으니까요.
영원히, 영원히.

미야니시 타츠야는 일본 시즈오카현에서 태어나 일본대학 예술학부 미술학과를 졸업했습니다. 인형미술가, 그래픽 디자이너를 거쳐 그림책 작가가 된 미야니시 타츠야는 개성 넘치는 그림과 가슴에 오래 남는 이야기로 전 세계 독자들에게 널리 사랑을 받고 있습니다. 〈고 녀석 맛있겠다〉 시리즈 외에도 《엄마가 정말 좋아요》, 《말하면 힘이 세지는 말》, 《신기한 씨앗 가게》, 《찬성!》, 《메리 크리스마스, 늑대 아저씨!》 등 많은 책이 우리나라에 소개되었고, 《고 녀석 맛있겠다》로 '겐부치 그림책 마을' 대상을, 《오늘은 정말 운이 좋은걸》, 《누구 젖?》으로 고단샤 출판문화상 그림책 상을 받았습니다.

김지현은 성신여자대학교에서 법학과 일어일문학을 공부하였습니다. 지금은 책과 관련된 일을 하며 주말에는 번역을 하고 있습니다. 옮긴 책으로는 《나를 닮은 당신이 좋아요》, 《널 만나서 정말 다행이야》, 《엄마표 캐릭터 빵 만들기》, 《리락쿠마의 희망》, 《리락쿠마의 행복》, 《수납이 해결되는 Mari의 흑백 인테리어》가 있습니다.

나를 닮은 당신이 좋아요

1판 1쇄 펴냄 2014년 6월 9일
1판 19쇄 펴냄 2024년 12월 2일

글·그림 미야니시 타츠야 | 옮긴이 김지현
편집 장민형 | 디자인 심흥섭
펴낸이 박소연 | 펴낸곳 (주)도서출판 달리
등록 2002.6.4(제10-2398호)
주소 04008 서울특별시 마포구 희우정로 16길, 17-5
전화 02)333-3702 | 팩스 02)333-3703
ISBN 978-89-5998-098-7 74800
ISBN 978-89-90364-52-4(세트)